생활을 위하여

- 중년의 詩 -

J.H CLASSIC 066

생활을 위하여
− 중년의 詩 −

박방희 시집

지혜

시인의 말

사람이 오래 행복하자면
생활을 사랑해야 하느니!

2021년
박방희

차 례

1부

2부

3부

4부

• 일러두기
  한 연이 첫 번째 행에서 시작될 때는 > 로 표시합니다.

1부

밥

밥상 앞에 앉으면서
사람들은 순해진다
바닥으로 내려오듯
조금씩 겸손해져
한 그릇의 밥처럼
따뜻해진다

냉이

아직도 1월이라고 달력은 말하는데
'출하된 봄'이라며 신문에 난 냉이
아주머니가 환하게 웃으며 한 움큼 집어 올리는 냉이
냉이의 하얀 뿌리가 눈부시다
장한, 그래서 첼리스트 장 한나 같은 냉이
장하고 꿋꿋하게 일어서서 봄을 켜는 냉이를 보면서도
언 땅에서 캐는 호미의 빛나는 날끼이나
엄동을 뚫고 올라온 푸른 기상
서릿발 의지는 외면하고
매끈하게 벗은 하얀 몸만 보고
벗은 냉이의 통통한 하반신에
외설스런 생각만 입히다가
냉이 캔 여자의 거칠어진 손이나
냉잇국 끓이는 젖은 손은 생각할 수 없나 싶어
울상인 냉이에 다시 눈 주는데
향긋한 냉이 냄새가 사진 밖으로 솔솔 배어난다
추워서 머플러를 두른 아주머니의 체취도 배어 나온다
보글보글 된장찌개 속에 든 냉이의 냄새
그 속에도 아주머니 몸 냄새가 날 것이다

2월

2월은 작은 달이다
그러나 2월은 크다
속에 겨울이 있고 봄이 있다
2월에는 눈이 오고 비가 온다
대보름달이 떠오르고
달집 태우는 연기와
하늘에 닿는 소원이 있다
우수라는 절기가 있어
얼음 풀리는 대동강이 있고
폴짝폴짝 뛰는 개구리가 있다
산과 들 도시와 농촌에
아지랑이 피고 바람 많은
2월은 참 큰 달이다

새벽의 儀式

새벽에, 미처 깨어나지 못한 거리며
가로변을 이 맞추어 물고 선 건물들
아직 눈뜨지 못하고 있다
집집마다 안면을 걸어 잠그고
입 싹 닫고 대문으로 마스크 한 채
내가 그 앞을 지나며
살며시 흔들어 봐도 기척 없다
꿈쩍 않는다
그래 나는 몰래 잠든 집의 몸속으로
新聞 하나 들이며 訊問하고
우유병 하나 들이며 젖도 주고
내 팔뚝도 집어넣으며, 히히
오늘 나는 너도 모르는 너를 만지며
네 속에 닿고
네 속에 닿으며 또 나를 만지며
나도 모르는 내 속에 닿는다

아직

경상도 농촌에서는 아직도
아침을 아직이라 한다
아침은 아직 이른 시간이라
아직이 될 수가 있다
아직 일찍 이장이 왔더라
아직부터 눈이 내리네
새벽은 지났으나
아직 낮이 되기 전의 시간
아침보다는 아직이 낫다
아직 자셨는가?
문득 이웃의 다정한 인사가
나지막하게 들려온다

난전의 꽃분

오백 원 백동전 두어 개도 기쁨이지만
은전같이 반짝이는 기쁨이지만
그걸 주고 길가의 춘분春盆 하나 삼은
구석 한 쪽에서도 환함을 사는 것이고
거기 앙증스럽게 터지는 내 마음을 삼이고
둘레에 번지는 새봄을 삼이다
백동전 두어 개로 사지는 난전의 분이라
저게 온전히 며칠을 가랴마는
그래도 불을 달고 향기를 머금으며
어쩌면 작은 나비까지 기웃거리게 할지도 모르고
이삼만 원 주고 배달받는 정식 꽃분보다
훨씬 알뜰하고 살뜰한 것은
철 내내 화사하게 꽃 피는 기쁨보다는
어차피 궂은 날 많은 세상살이
잠시 동안만 환함을 사는 것이고
그렇게 피어났다 스러지는 삶을 사는 것이며
잠시 왔다가는 봄, 그러나
다시 올 봄을 사는 것이다
오백 원짜리 백동전 두어 개로
난전의 저 꽃분을 사는 것은

오리

오리가 꽁지를 곧추 세우며 물고기를 쫓아 자맥질한다

오리의 똥꼬가
하늘을 향해 열리며
한 송이 꽃으로 피자
언저리가 환하다

—오늘도 양식을 주셔서 감사합니다!

발름발름
똥꼬는 기도하고
주둥이는 고기를 물어 올린다

낮달

비행기가 하늘에 줄 하나 쳐 놓고 갑니다

허기진 낮달이 그 줄을 간신히 넘어 갑니다

피어 있는 나절

햇볕 좋은 나절 마당 가득 해님이 내려와 놀 때, 피는 것이 장미나 나팔꽃뿐만 아니라 마당도 피고 시간도 피고 집도 피어 만발하게 한나절이 핍니다 물론 그럴 때는 신열을 앓다가 마당에 내려와 세상 가득 피어 있는 것들을 바라보고 있는 나 자신도 피는데요 아득한 위로는 하늘이 피어 파르라니 우주에 가득하고 거기 또 구름은 갖은 모양으로 피어 두둥실 흘러가고 감나무며 막 오디를 다는 뽕나무도 피고 그 너머 멀리 산봉우리들도 우산 펼치듯 우뚝 우뚝 피고 그 아래로 물소리 바람소리도 피고 졸고 있는 나절을 고자질하듯 장닭 우는 소리도 피고 하늘을 금 긋는 비행기 소리도 피고 비행기도 피고 비행기구름도 피고 하얗게 낮달이 피고 담 너머로 신작로가 피고 들녘으로 아지랑이가 피고 보리밭도 피고 그 속에 가득 잠기며 아, 평생 필 일 없을 것 같은 어머니, 우리 어머니도 피어 있고 누런, 누런 뻐꾸기 소리도 피고 어머니의 죽은 아들인 우리 오빠도 피고 아프지 않은 내 모습도 피어 온 세상에 가득 차오르곤 하지요

더불어 살다

山 아래에 오두막이 있다
山이 자락을 내주었다
제비집은 처마 밑에 있다
오두막이 곁을 내주었다
제비 똥은 마당이 받아주어
마음 놓고 아래로 떨어졌다
마당가 감나무는 위로 솟았다
하늘이 품을 내준 것이다
감나무 위엔 까치집
나무가 집터를 내주었다
깍, 깍, 까치 울음 푸르러
하늘은 더 깊어져 갔다

고추잠자리

가없는 창공이 야속해

제 몸뚱이에 불 지른 고추잠자리

산에 들에 불붙이고 다니며

세상 가을 다 태운 뒤

바지랑대 끝에 入寂

빈들

배를 드러내 놓고
논두렁 베고 잠이 들었네

가진 것 없는 자의 허허로움
줄 것 다 준 자의 다순 잠

봄까지
아지랑이, 발바닥을 간질일 때까지
깊은 잠 잘 것

겨우내 꿈꿀 일!

문 바르기

동짓달 빛 좋은 날
창호지 새로 바르고
하늬바람 울게
문풍지 붙이면
그해 겨울 다 가고
따듯하여라!

밥솥

밥솥이 크면 여럿이 먹는다
제 식구만이 아니라
지나가는 사람까지
모두 한식구로 한솥밥 먹게 된다
우리나라 밥솥이 왜 그리 큰지
법주사* 쇠솥이 말해주고
태봉축제에 참석한 이들을
한꺼번에 먹이는
철원군의 가마솥이 말하고
군민 4만 명이 먹을 수 있도록
세계에서 제일 크게 만든다는
괴산군 무쇠밥솥이 말한다
보름달만큼 큰 밥솥은
보름달같이 둥글게 둘러앉아
보름달처럼 환하게 밥 먹는 것이다
한솥밥 먹고 너나없이
한식구가 되는 것이다

* 법주사 무쇠밥솥 : 충청북도 유형문화재 제143호, 통일신라시대 때 만든 이 무쇠 솥은 지름 2.7m 높이 1.2m 둘레 10.8m로 쌀 40 가마를 담을 수 있는 부피를 가졌다. 법주사가 번창하여 3천여 명의 승려가 모여 살 때 사용되던 솥이라고 한다.

사랑채 이야기
― 할아버지 추억

　사랑채에 나가면 갓 쓰신 할아버지, 학같이 앉아 계시다가 한 번씩 툇마루까지 뻗어 나온 장죽을 입에 무시고 에헴! 기침하신 다 냉큼 달려가 담뱃대에 담배 재어 불을 붙이면 할아버지, 보료 에 비스듬히 기댄 채 담배를 태우신다 한 모금, 두 모금, 장죽 속 담배가 다 타 들어갈 동안 불만 반짝일 뿐 하얀 연기 할아버지 코 와 입으로 뿜어 나오지 않는다 재만 남은 담뱃대를 뻑뻑 마저 빠 실 즈음에서야 할아버지 늙어 오래된 몸 구석구석, 갈라지고 깨 진 틈 두루두루 적시고 배고 스민 뿌연 연기들이 뭉클 뭉클 피어 오르며 온 방안 가득 차오른다 그 매콤하고 하얀 연기에 싸여 신 선 같은 할아버지 웃음소리가 떠오르고 이윽고 할아버지마저 둥 실둥실 지붕을 뚫고 떠올라 구름 위로 높이 높이 올라가신다

　그 할아버지 이젠 안 계시고 사랑채엔 장죽만 남아 오랫동안 세월을 뻑뻑 피우고,

　담배 심부름하던 어린 손자는 어른이 되어 있고…….

2부

눈길

여기 한 生이 걸어갔구나

사람은 안 보이고
발자국만 남아
따라가고 있네

외로움도 총총
따라가고 있네…….

저녁연기

내 건너 마을에
저녁연기 오르면

배고픈 하늘도
나직이 내려와서

저녁상 받으시네
연기로 배 불리시네

왜가리

내 유년의 저문 날
왜가리 한 마리

어두운 밤하늘
울면서 날아간 뒤

내 마음에 드리워진
검은 그림자는

오늘도 훨훨
이승을 날아가네

성주대교

단 한 걸음에
강을 건넌다
거대한 블랙홀
도시로 간다
쌀도 콩도
소도 돼지도
참외도 수박도
남자도 여자도
아이도 어른도
강 건너 피안
大邱로, 大邱로 간다

출근

침대가 나를 밀어낸다
스프링의 뼈마디가 들고 일어나
접힌 몸 내동댕이친다
수도로 가 잠을 씻는다
눈곱으로 남은
간밤의 꿈들을 떼 내면
세숫대야는 내게 찬물을 뒤집어씌운다
식탁에 앉는다
숟가락과 젓가락이 번갈아 몸을 밀어 넣는다
넥타이가 목을 조른다
아침 8시가 댕, 댕, 뒤통수를 친다
버스는 좌석에 나를 앉히지도 않고
거리의 신호등은
파란 눈 빨간 불 껌벅이며
서라, 달려라, 달려라, 서라, 서슬 푸르다
정신없이 횡단보도 급히 건너면
난 또 한 생을 건넌 것이다
사무실 문이 아득히 공중에 떠 있다
승강기가 흡입하여 상승시킨다
거대한 블랙홀처럼
거기 너도나도 빠져든다

군복 속 아버지

군대 가서
시퍼런
군복 입고
찍은 사진

아버지가 대한민국이던 때

어떤 웃음

시골에서 대구로 오며 웃는다
20년 전 이 도시에 방 한 칸 없을 때도
대구는 다 내 것이었다
아무것도 부러운 것이 없었고
조금도 부족한 것이 없었다
10년 전도 마찬가지였다
변두리에 사글세방 하나 갖고 살 때도
그때는 꿈이 있었기에
모든 것이 다 내 것일 수가 있었고
세상을 주머니에 넣고 다녀도
하나도 무거운 줄 몰랐다
그런데 지금, 마흔을 앞둔 어른
고향에서 대구로 돌아오며 웃는다
이제 이 큰 도시에 내 것은 아무것도 없고
막 돌아가는 세상 어느 갈피에도 나는 안 보이고
다만 하나, 신천동 489-1번지
내 사는 집밖에는 내 것이 없음을
한세월 맡을 젊음이 있었기에
모든 것이 다 내 것일 수가 있었고
한 세상 업어갈 뜻이 있었기에

손 쉬이 대구쯤은 안을 수가 있었는데
작으나마 내 문패의 집 한 채 지닌 지금
이 도시에 내 것은 아무것도 없고
이 땅에도 내 것은 아무것도 없다
한때 그리도 많게 내 것이던 것이…….

사진첩을 보며

저마다

한 바리씩

生을 지고

저마다

한 세월을

늙어왔네

버스 타는 중년

버스 타는 중년은 슬프다
구겨진 양복에 염색하여 붙인 머리
값싼 이발소 화장품 냄새 야하게 풍기며
퇴근길 만원버스에 앉을 자리 찾는다
절인 와이셔츠에
땀 밴 넥타이 질기게 매고
의뭉스레 흔들리며 곁눈질 해보지만
요새 중늙은이 자리 내주는 기색 없다
체념한 듯, 도통한 듯 달관의 껍데기 쓰고
밋밋한 콧잔등엔 짜증을 걸치고
저는 아니란 듯 오만하게 서서
뭇 인간 내려다보듯 끌끌 혀 차지만
야한 화장품 냄새에 코만 돌린다
얄팍한 월급봉투에 목을 매고
시계추처럼 흔들리며 만원버스로 오가며
휴지처럼 구겨지고 파지처럼 너덜댄다
닳아가는 구두 굽으로 키를 세우고
반들거리는 구두코로 체면을 닦지만
비치는 건 한 자락 비애뿐
육십 평생 가늘고 긴 똥 누며

꼭두각시놀음으로 재갈 물린 중년으로
妻子 앞세운 명분 끝없이 치사해지며
저무는 만원버스에 촛불처럼 흔들리다
가뭇가뭇 어둠 속에 빠져드는 중년
실의에 찬 어깨는 지구만큼 무거워라
마지막 희망인 복권에도 배반당하고
퇴근길 한 잔 술이 그를 유혹하지만
가야 한다, 기우는 저녁 끌고
그래도 눈치봐주는 食率들 곁으로
헛기침 뽑으며 主君으로 가야 한다

새들의 노숙

대숲으로 날아드는 새
깃 치는 소리가 시끄럽다

저녁인가 보다

지상의 방 한 칸

유치원에 입학한 아이, 친구들이 생기면서 방에 대한 욕구가
생겨나 엄마에게 조른다 "나는 언제 내 방 있노?"

조름이 계속되자, 엄마는 아이를 타이르며 별 생각 없이 말
한다 "조금만 기다려, 할머니 돌아가시면 할머니 방 네 방 하면
돼." 집을 늘려 이사할 형편도 아니고 따로 아이 방을 넣을 처지
도 아니었던 것이다

다음날부터 아이의 할머니 방 문안이 시작되었고
……그때마다 실망스런 낯빛으로 돌아서곤 했다

영문도 모르는 할머니는, 매일 아침 손녀아이가 와서 미닫이
문을 홱, 열어보고는 뾰루퉁한 얼굴로 건너가는 것만을 보았다

어느 날, 할머니는 그 동안의 의문을 한꺼번에 풀 수가 있었으
니 아이가 그 날 아침, 노인의 방문을 조용히 열고 말했던 것이
다 "할머니, 언제 죽노?"

이승의 방 하나 비워주기 위해 그날 밤 노인은 목을 매었다

슬픈 호황

다시 연탄이 등장했다
까맣게 잊혔다가
때 되면 살아나
빠끔빠끔 뚫린 구멍이
하얀 투표지에 표로 찍히길 원하는
대통령 후보가
연탄을 나르고
돌아서면 까맣게 잊는데
아주머니 한 분이
연탄 몇 장을 이고
비탈길을 오른다
덜컥거리는 문 열고
부엌에 들었다가
하얗게 세어 나온 사이
연탄 한 장은 밥도 짓고
방도 데워주고
검은 표도 만든다

오월

마을 뒷산으로 오르는 등산로에
아카시아 꽃들이 고두밥처럼 널려 있다

벌써 마른 꽃잎들에서
술 익는 냄새가 난다

초록, 시멘트를 깨고 일어서다

도시 벽을 허물고
시멘트 바닥 굳은 껍질을 깨고
손바닥만 한 틈서리에
누구 원시를 그리는 마음이
녹슨 괭이 호미 자국 내어
고향의 텃밭을 일구고
쑥갓 아욱 상추 열무 씨 뿌려
내 콘크리트 맨가슴에
새파란 초록 움을 돋게 하네
햇볕 쨍쨍한 한낮
잿빛 돌무더기를 뚫고
내민 푸름이여, 생명이여
고향은 엉뚱하게
화풀이하듯 거기 부려져 있고
내 그리움은 봇물 터지듯 하네

꽃 피는 봄

꽃 피는 봄이지만
다 아는 봄이 가고 있다
이 봄이 가고 나면 또 다 아는 여름
세상 좀 오래 살다 보면
그런 것들은 모두 사소한 일상이다
봄여름 가을겨울 사계절 오가는 것도
아침에 해 뜨고 저녁에 해 지듯
한 해가 오고 또 한 해가 가는 것도
그저 밥 먹고 잠자는 일 같은
모두 그저 그런 일상사인 것이다
귀신도 눈에 보이는 나이가 되고
어느 새 늙기 시작한 지 한참 되었다는
문득 그런 생각이 들 즈음엔 그저
자고 난 자리나 되돌아보게 되는
모두 가볍고 흔한 일상사이라
일평생 살고 또 죽는 일도
그저 그런 일상이 된다

3부

立秋

리어카에 실려 가는 팔월 伏더위

만선滿船

조실스님 방
댓돌 위에

구름이 신고 가다
벗어놓은

하얀 고무신
한 켤레

나절 볕이
만선이다

토요일

토요일은 가볍다
두근거림과 수런거림이
공기 속에 있어
톡톡 튀는 토요일 아침
새벽에 배달되는
신문 면수도 가볍다
반으로 확 준 세상사
툭, 떨어지는 전단지만 무겁다
가벼움으로 넘치는
토요일 아침
지구의 무게도 가벼워
발걸음은 톡, 톡, 톡
가슴은 벌어지고 어깨는 펴져
토요일은 우주도 커진다
저만큼 토요일이 달려간다
쏟아지는 햇빛 속으로
병아리 떼처럼
종종걸음으로 몰려가는
토요일의 뒷모습이 환하다
환하게, 환하게

일요일로 달려가는 토요일
토요일은 늦도록 저물지 않는다

연밥

여름 느지막이
연꽃 보러 갔지요
아쉽게도 꽃은 지고
꽃대만 남았는데
여기까지 왔으니
밥이나 먹자며
이 집 저 집
연밥을 내놓네요

나무 옮겨심기

한 곳에서
오래 산 나무를 옮기는 것은
쉬운 일이 아니다
지심에 뿌리 내려
스스로 우주에 중심을 잡고 선 나무는
나무의 하늘도 떠다 옮기고
중심도 옮겨 놓아야 하므로
산을 옮기는 것과 다르지 않다
20년 30년, 혹은 그 이상
묵으면 묵을수록 나무는
더 옮겨심기가 힘들고
자칫 잘못하면
혼과 얼이 서린 나무를 죽이기도 한다
나무 하나의 세월 20년 30년 50년
혹은 100년 이상씩 가는 일은
하늘의 일이고
사람의 일생과 맞먹건만
나무의 필요가 아니라 사람의 필요에 의해
생명의 문제가 편익의 문제로 되고 만다
길을 내거나

관공서를 세우거나
공원이나 공장, 심지어 별장을 짓기 위해
산을 깎거나
바위를 깨뜨리거나
물길을 막음같이
나무 옮겨 심는 것도 예사로 한다
나무는, 하늘로 팔 벌리고 선 나무는
저마다의 소망을 간직하며
하늘을 우러르는 것으로
언제나 선량하다
삽으로 둥그렇게 둘레를 파면서
핏줄과 같은 잔뿌리를 잘라내고
역사를 만들어 갈 굵은 둥치를 끊어내면
나무들은 이제 더 이상 버티지 못하고
중심을 놓치고 땅에서 떠난다

비 오는 날
중심을 놓친 나무가 울고 있다
제 하늘 빼앗기고
푸른 그늘 잃어

새들도 깃들지 않는 나무가 되어
바람에 몸을 꺾으며 윙윙 울고 있다
물속에 고향 묻고
도처로 내몰린 수몰민들
50년 60년 아니, 100년 200년
대대로 뿌리 내려 살아온 터전을 두고
비 오는 날
뿌리 뽑힌 나무가 되어 그렇게 울고 있다
중심을 잃고, 허공에 떠서

가을

가을은 억새꽃으로 피어

千 가지 萬 가지 생각으로

몸

　흔

　든

　　다

풀잎 속으로

빨려 들어간다, 이 저녁
풀잎 속으로

거뭇거뭇한 걸음 들어
여린 세상 속으로

바람 불어도
몸 흔들지 못하는

모래의 집을 나와

방

— 도둑일기

방 안은 새하얀 기저귀들의 폭포였다.

작년 이맘때 한 도둑이 골목에 면한 그 방에 들어가 물건 하나를 들고 나온 적이 있었다. 가난한 신혼살림이 차려진 방, 사진틀 속에서는 면사포 쓴 신부가 웃고 있었다. 그 도둑 다시 골목을 지나다가 담을 넘어 들어갔으니 기억도 습관처럼 힘이 있는 법이다. 가난한 살림은 일 년 전이나 다를 것이 없는데 식구가하나 더 늘었음은 분명했다. 그게 불어난 가장 값진 자산일 것이다. 방 안에 가득 널린 하얀 기저귀들이 무슨 깃발처럼, 謗처럼, 염색공장 마당에 널린 천처럼 드리워져 있었다. 아기가 저절 타고 하늘에서 내려왔을 것이다. 이제 사진틀 안에는 백일 된 아기와 함께 세 식구가 웃고 있었지만 올해의 그 웃음은 전염성이 강했다. 도둑은 아주 즐겁고 행복한 마음이 되어 별을 보고 먼 길을 찾아온 동방박사처럼 세상에 온 아기에게 줄 선물 하나를 찾아보았다. 안타깝게도 그가 가진 것치고 장물 아닌 것이 없었다. 그제야 자신의 처지를 곱씹게 된 도둑은,

한숨과 탄식을 내뱉으며 조용히 방을 나왔다.

소주燒酒

내 삶의 無化가 눈물 한 방울로 증류되다

미루나무 식당

미루나무 식당에는 미루나무가 있다
그 아래 개울이 있고
미루나무 우듬지로도
한 줄기 푸른 강이 흘러
징검돌로 놓인 까치집과
오가는 사람에게 전단지를 나눠주며
깍, 깍, 호객하는 까치가 있다
미루나무 식당에는
소주 백세주 동동주 산머루주에
요강 뚫는 복분자주
자주 몽롱해지는 안개주
뭉게뭉게 피어나는 구름 파전에
매미소리로 무친 도토리 묵채
개울물 소리로 다갈다갈 볶은
닭찜이 나온다
저녁이면 배고픈 별들 모여드는
미루나무 식당에는
언제든 따르릉 전화가 있고
불 켜진 간판의 그림 닭이
낮에 죽은 닭들을 대신해 한 번씩
꼬끼오! 하며, 운다

금호평야

가없는 넓이 앞에서 그저

나를 흩어버리고 싶구나

물결을 잡다
— 김품창 화백

화가는
바닷가로 이사 해
한 폭 캔버스에
바다를 담으려 했다
보고 또 보고
담고 또 담고
봄이 가고
여름이 가고
가을 겨울이 갔다
다시 봄이 오고
다시 봄이 오기를
수도 없이 했을 때
그의 캔버스에는
바다가 담겨지고
하얗게 머리 센 화가는
찰랑거리는 바다를 메고
마당으로 들어서며 외쳤다
"물결을 잡았다!"
"물결을 잡았다!"
마을 사람들이

그물도 없이 잡은
물결을 보러 오자
그에게 잡힌 물결들이
자르르, 자르르
캔버스에서 풀려나며
화가의 집을 섬으로 만들었다

바람벽

오, 선 채로 살아낸 일평생!

못다 이룬 꿈이
얼룩으로 남아 있다

우박 사과

하늘에서 쏟아진 우박에
대갈통 쥐어 박힌 사과
맑고 차가운 얼음조각에 맞고도
벌겋게 달아오르며
신맛을 버리고 단맛을 더해간 사과
눈 흘김이 아니라
살포시 웃음지어 생겨난
보조개 사과
하늘 맛인지, 하느님 손맛인지
성한 사과보다 더 달고
맛있는 하늘 사과
사람도 운명에 주먹질당하고
그 쓴맛으로 해서 깊어지듯
사과나무에서도 소박맞은 사과가
더 깊은 맛을 품나보다

저녁의 슬픔

해질녘 나무나 풀잎들에

모이는 푸른색은 더욱 어둡다

지금 내가 죽는다 한들

저 저물녘 잎들보다 더 막막하랴?

4부

개미 이사

굵고 검은 고딕체로 개미가
고물고물 문장을 길게 쓰며 기어간다

짧은 봄날이 다 간다

못

비오는 날

딱, 딱, 못 박는 소리

식구들의 마른 하루를

걸어 놓으려고

家長이 젖은 어깨로

치는,

국밥

어스름이 내리는 저녁답, 初老의 두 남자가 고속도 휴게소 간이식당 문을 열고 나왔다 방금 그들은 각자 돈 8000원을 내 상대방이 먹은 식사 값을 지불하였다 김 씨는 박 씨를 대접했고 박씨는 김 씨를 대접했다 헤어지기 전, 두 사람은 다시 한 번 손을 마주잡으며 마지막 인사를 나누었다

조금 전, 그들은 우연히 식당의 한 테이블에 앉아 국밥 한 그릇씩 시켜먹으며 눈이 마주쳤다 서로의 처지를 한눈에 알아보아 의기투합했고 정이 통하여 술은 아니지만 마음은 벌써 몇 순배나 돌고 돌았던 것이다

그들이 나눈 대화도 고작 몇 마디에 불과했다 서로의 행선지와 시절의 어려움과 나이 먹음에 대해 얘기했으나 그보다 더 많이는 미소 띤 얼굴로 서로 바라보는 것으로 대신하였다 그 나이쯤이면 말이라는 게 별 의미가 없기 마련이다

물론 이처럼 모든 것이 순조로웠던 것은 아니었다
가슴에서 우러난 진정한 호의로 식사 값을 서로 내고자 가벼운 실랑이를 벌였고, 계산대 앞에서 끝이 없을 것 같던 이 광경은 누군가 솔로몬의 지혜를 발견함으로써 쉬이 결말이 났던 것

이다

"그럼, 내 밥값은 선생이 내시구려. 선생 밥값은 내가 내리
다!"
　그렇게 타협이 되어 실랑이는 끝나고 저마다 지갑을 열어 상
대방의 국밥 값을 지불하였다 초면의 그들은 서로 대접할 수 있
어서 기뻤고 대접받음으로 해서 감사했다

　……그리고 저마다 가던 길을 갔다

조약돌

조약돌의 이마에
묻은 근심 하나

저녁 불빛에
반짝이고 있다

조약돌의 근심어린 이마에 내린
내 근심 하나도

가로등 불빛에
반짝이고 있다

오리나무에 앉은 새

작은 새 한 마리가
잎 내린 오리나무에 앉았어요
오리나무가 쓸쓸해서 내민
샛가지 같아요
나무를 베어 가면
새도 따라 오겠지요
빨랫줄 받치는
바지랑대가 되겠어요
빨랫줄 목에 걸고
쪼롱쪼롱 울지도 모르죠
그럼, 빨래는 기분이 좋아져
날개처럼 파닥이고
하늘의 구름도 내려와
빨래처럼 널리고 싶겠죠?

저 작은 풀꽃들의 몸짓을

신문과 라디오에선
비를 맞지 말라고
소련 체르노빌 원전 사고로
죽음의 재가 내린다고
우크라이나 상공을 가린 재가
절망처럼 온다고
그러나 저 작은 풀꽃들의 몸짓을
놓칠 수 없어
움츠리고 누운 오솔길 따라
나는 걷는다
시시각각 조여 오는 낙진落塵 속을
바람은 흐느적거리며 불고
새의 울음 젖어 떠가도
작은 우산으로
큰 슬픔을 받거나
온 우주를 가릴 수 없어
세상은 어깨부터 젖고
내 눈에는 몇 방울의 눈물이
빗물을 타고 흘러내린다
운명을 예감한 듯

바위손의 마른 얼굴에 번지는

희미한 웃음

산나리 꽃잎 속에 숨어

젖어 떠는 작은 나비의 숨

아무것도 모르고

핵분열의 가공할 힘도

미세한 분자식 구조 하나 모르는

아, 죄 없는 것들의 삶을 두고

기다리던 단비에 젖어

나풀거리며 꿈꾸는 미소를 두고

나 방문 닫고 귀 막고 눈 감고

현과 건반의 실내악만을

감히 들을 수 없다

늙은 사내

역에서 본 웬 중늙은이,
제 아버지임직 한
더 늙은 남자의 차표를 끊는다
노인 창구에서
저승으로 감직 한 표를 구하느라
언제 어디로 떠나는지
도착은 언제 하는지
백방으로 묻고 묻는다
쫓기듯 가는 인생
서둘러 떠나보내고, 돌아서는 중늙은이
어느새 늙고 추레한
그의 아버지가 되어
승객들 속에서 서성이고 있다

이발소

의자마다

하얀 독들이

앉아 있습니다

눈사람들이

머리 깎으러

왔나 봅니다

백화수복 白花壽福

추석 지나 늦은 걸음
고향 가는 이
먹고 살기 바빠
때맞춰 못 가고
마음에 우거진 잡초
벌초라도 하려고
백화수복 한 병 들고
버스에 오른 이
한 잔 낮술로 불콰해져
스스로 장하다는 듯
고개 주억거리며
간다 간다 백수광부白首狂夫가 간다
백화수복이 간다

넘어진 의자

의자 하나가
뒤로 넘어져 누워 있다
조금 전까지만 해도
무게 잡고 점잖하게
앉거나 서 있던 의자
늘 앉아 있으나
한 번도 앉지 못한 의자
지금 네 다리 쳐들고
만세 부르듯 누워 있다
누가 일으켜 주면
다시 의자가 되어
앉거나 서 있어야 하는 의자

저녁 국수

살평상에 앉아 국수 한 그릇 합니다
저녁이 와서 앉고, 지나가던
바람도 와 젓가락질을 합니다
초저녁별이 하나 둘 떠오르고
비워 낸 국수 그릇에 어둠이 채워집니다
국숫물에 가라앉은 어둠까지 마시니
반짝하고 전깃불이 켜집니다
불빛 속에 환히 드러나는 바닥
알 수 없는 부끄러움이 가득합니다
보리차 물로 소리 나게 입을 헹궜습니다

잠

— 술꾼과 술병

빈 소주병이
쓰러져 있다
(술 한 병 다 비웠으니
저도 취하지. 쯧!)
바람이 흔드니
코까지 곤다
호— 호—

술병 옆에는
술꾼도 누워 있다
드르렁— 드르렁—
주거니 받거니
코나팔 불며 잔다

저녁 비둘기

비 개인 하늘에
낮게 도는 비둘기

구구, 두 마리
서로 정답다

하늘은 파란 하늘
빠질 듯 깊은데

저녁연기 쪼며
희게 긋다가

…………문득
사라지고 없다

휴식

날이 저문다

여자들은 나가 빨래를 걷고

돌아오는 아이들 발걸음 소리 힘차다

이제는 유예의 시간

지구도 정해진 동안 그 운행을 멈추고

세상의 가장 못난 한 사람에게도

삶이여, 휴식을 주라!

까치밥

 그건 꽃이야 아니, 마음이 켜놓은 燈이야 배고픈 날짐승이 꿈
꾸는 마지막 희망이야 그래, 무슨 요령소리처럼 찰랑찰랑 맑은
소리를 내기도 하는 기항지의 등대 같은 거야 똑, 마지막 것까지
따려니 감나무 보기 미안하고 하늘 보기 허전해서, 하나만 두려
니 또 야박해서 참꽃 다발처럼 몇 개 달아두고 가볍고 환한 마음
으로 내려왔는데 외출에서 돌아올 때마다 불 켠 듯 전기 들어온
듯 환하게 요령 흔드는 몇 알의 까치밥이 어두운 세상 등불이 되
어 저문 고샅길도 밝았으니 동지섣달 설한에 삭아 없어져도 내
마음속 빈자리에 불을 켜고 달려 있어 겨우내 빈 가슴 훈훈하였
으니 옳아, 하늘에 달아둔 건 배고픈 까치밥이 아니라 가난한 내
마음의 밥이고 저무는 날의 내 꿈이었느니!

시는 자연처럼, 삶은 시처럼

신상조 문학평론가

시는 자연처럼, 삶은 시처럼

신상조 문학평론가

1. 무위의 삶

박방희 시인은 완만하지만 지속적인 시적 갱신을 이룩한 우리 시대의 중진이다. 시인의 끊임없는 자기 갱신을 보여줄 이번 시집 『생활을 위하여』에는 '중년의 시'라는 부제가 붙어 있다. 일상을 소재로 한 시편들로만 묶었다는 제목의 의미 그대로, 시집에는 한적한 시골에서 긴장을 풀고 살아가는 시인의 생활이, 여백이 의미를 대신하는 묵화처럼, 때로는 이미지도 선명한 세밀화처럼 아름답게 그려지고 있다. "경상도 농촌"(「아직」)인 이 공간에서 시인은 이곳저곳 어슬렁거리거나, 소박한 자연의 아름다움에 취해 소일한다. 이러한 시인의 생활을 한 마디로 요약한다면 애쓰지 않기 위해 노력하는 '무위'에 가깝다.

'애쓰지 않기 위해 노력하기'는 에드워드 슬링거랜드의 책 제목이기도 하다. 매우 역설적인 제목을 가진 이 책에서 저자는 '무위'에 관한 여러 가지 이야기를 소개한다. 그는 먼저 포정庖丁이라는 백정의 이야기가 무위에 대한 가장 유명하고 가장 생생한 묘사라고 말한다. "뼈와 힘줄의 틈 사이를 헤치며 가는 포정의 칼날은 뼈나 힘줄을 전혀 건드리지 않기에 지극히 예리한 그대로 남은 것처럼, 인생의 열린 공간을 헤치며 지나는 무위의 사람 또한 정신을 상하게 하고 몸을 지치게 하는 어려움을 피한다. 이것은 전혀 힘을 잃지 않은 은유이다."라는 선인의 말을 인용함으로써 그는 무위의 한 예를 설명한다. 밤새 술을 진탕 마신 후에 수레를 얻어 타고 집으로 돌아가다 수레에서 떨어졌지만 멀쩡한 『장자』속 취객의 이야기, 음악의 거장인 눈먼 악사를 인도하기 위해 예법을 벗어버린 공자의 이야기 등, 이 책에 등장하는 무위의 사례들은 실로 다양하다. 한마디로 무위란, 삶의 방식에 대한 고정된 규범을 멀리함으로써 자연스러움을 자연스러운 그대로 두는 것이다. 그렇다면 개인적 무위에 관한 텍스트일 박방희 시의 무위는 어떤 무위일까?

　　배를 드러내 놓고
　　논두렁 베고
　　잠이 들었네

　　가진 것 없는 자의 허허로움
　　줄 것 다 준 자의 다순 잠

　　봄까지
　　아지랑이, 발바닥을 간질일 때까지
　　깊은 잠 잘 것

겨우내 꿈꿀 일!

    —「빈들」 전문

  가진 것 없는 자의 '허허로움'이 불러오는 '다순 잠'은 모순이다. 이 모순이 시의 주제를 대변한다. 추수가 끝난 텅 빈 들판은 "줄 것 다 준 자"의 빈손처럼 가난하다. 무언가를 굳이 소유하려는 열망도 집착도 없는 자의 가난이다. 열망과 집착에서 벗어난 가난은, "배를 드러내 놓고" 논두렁을 베고 누운 농부만큼이나 자기를 의식하지 않는다. 자기를 의식하지 않는 자의 영혼은 편안하고 자유롭다. 때문에 겨울 들판은 텅 비고 황량한 공간을 넘어선다. 텅 빈 겨울 들판은 봄이 와서 "아지랑이, 발바닥을 간질"일 꿈을 자신 안에 들여놓은 충만한 공간이다.

  박방희의 시는 열망과 집착을 지양한 채 '허허로운 가난'을 희구한다. 이는 현실도피적인 낭만이 아니다. 현실에 대한 반성적 성찰의 소산이다. 목하 우리의 시대는 항상 최선을 말하지만, 그 최선은 아집과 탐욕으로 분열된 자신을 경험케 만드는 최선이다. 시인은 아무것도 하지 않는 것이 '옳은' 무언가를 하는 것이라는 무위의 역설을 다음과 같이 들려준다.

    山 아래에 오두막이 있다
    山이 자락을 내주었다
    제비집은 처마 밑에 있다
    오두막이 곁을 내주었다

제비 똥은 마당이 받아주어

마음 놓고 아래로 떨어졌다

마당가 감나무는 위로 솟았다

하늘이 품을 내준 것이다

감나무 위엔 까치집

나무가 집터를 내주었다

깍, 깍, 까치 울음 푸르러

하늘은 더 깊어져 갔다

　　　　—「더불어 살다」 전문

　山, 오두막, 제비집, 마당, 감나무, 하늘, 까치 중 어느 사물도 다른 사물에 직접적으로 관여하지 않는다. 관여하지 않음으로써 모든 사물은 다른 모든 사물에 넉넉히 품을 열어 두고 있다. '있다'와 '내어주다'로 반복해서 표현되는 사물끼리의 관여는 실상 서로 아무것도 행하지 않음에 다름 아니다. "하늘의 도는 천연히 있으면서도 잘 도모한다."라는 『노자』의 저 불가사의한 구절처럼, 박방희의 시에서 모든 사물들은 천연히 있음으로써 서로의 관계를 '잘' 도모한다. 노력하지 않아서 이루어지는 만물의 조화를 그리는 시는, 명백히 무위에 초점을 두고 있다.

　　햇볕 좋은 나절 마당 가득 해님이 내려와 놀 때, 피는 것이 장
　미나 나팔꽃뿐만 아니라 마당도 피고 시간도 피고 집도 피어 만
　발하게 한나절이 핍니다 물론 그럴 때는 신열을 앓다가 마당에
　내려와 세상 가득 피어 있는 것들을 바라보고 있는 나 자신도 피

는데요 아득한 위로는 하늘이 피어 파르라니 우주에 가득하고 거

기 또 구름은 갖은 모양으로 피어 두둥실 흘러가고

　— 「피어 있는 나절」 부분

신열을 앓고 난 육체는 약하다. 약해진 육체는 불가피하게 무

력하거니와, 새로운 감각으로 사물과 접촉하는 계기가 되기도

한다. 열려진 감각으로 체험하는 무위의 공간에서는 해님도 햇

살로 논다. 만발하게 꽃만 피어나는 것이 아니라 마당과 시간과

집과 구름과 화자를 포함한 우주 만물이 피어난다. 이때의 자연

은 무력한 육체로 겸허해진 영혼을 둘러싼 후광과도 같다. 달리

말하자면 무위에 근접한 삶은 해님과 꽃과 하늘과 구름과 우주

만물을 친구로 두고 우정을 나눈다. 자본에 의해 훼손된 이 불구

의 세상에서, 박방희의 시는 무위로써 바람직한 삶을 모색한다.

2. 지상의 방 한 칸이라는 허물

시인은 자본주의 사회가 강요하는 소유와 집착을 거부한다.

완고한 자본주의적 삶이 팽배한 현대사회에 저항하려는 시인의

윤리는 다음과 같은 비극적 서사를 주목한다.

　　유치원에 입학한 아이, 친구들이 생기면서 방에 대한 욕구가

　　생겨나 엄마에게 조른다 "나는 언제 내 방 있노?"

조름이 계속되자, 엄마는 아이를 타이르며 별 생각 없이 말한다 "조금만 기다려, 할머니 돌아가시면 할머니 방 네 방 하면 돼." 집을 늘려 이사할 형편도 아니고 따로 아이 방을 넣을 처지도 아니었던 것이다

다음날부터 아이의 할머니 방 문안이 시작되었고
……그때마다 실망스런 낯빛으로 돌아서곤 했다

영문도 모르는 할머니는, 매일 아침 손녀아이가 와서 미닫이문을 홱, 열어보고는 뾰루퉁한 얼굴로 건너가는 것만을 보았다

어느 날, 할머니는 그 동안의 의문을 한꺼번에 풀 수가 있었으니 아이가 그 날 아침, 노인의 방문을 조용히 열고 말했던 것이다 "할머니, 언제 죽노?"

이승의 방 하나 비워주기 위해 그날 밤 노인은 목을 매었다
— 「지상의 방 한 칸」 전문

비극이 비극적인 것은 차라리 그 속에서 드러나는 비극의 희극성이다. 자기 방을 갖고 싶어 한 철부지 유치원생 아이와, 딸아이를 달래기 위해 생각 없이 함부로 말을 뱉은 엄마, 그리고 손녀에게 자신의 방과 함께 평생을 안고 갈 죄책감까지 물려준 할머니에게 죄를 물을 순 없다. 개인화된 자본주의의 비루함을 극적으로 형상화한 이 작품이 가리키는 죄는, 자신들의 행복과

동떨어진 것을 욕망하고 배려하는 저들의 맹목과 무지다.

구차하게 드러나는 자본주의적 삶의 민낯을 직시하는 시인은, 그러한 질서 체계 속에 안정적으로 편입되는 것이야말로 스스로의 정체성을 잃어버리는 길이라고 생각한다. 비유하자면 그는 무협 영화 속에 등장하는 의로운 협객처럼, 천하를 얻기 위해 오히려 세상을 버리기 원했었다.

시골에서 대구로 오며 웃는다
20년 전 이 도시에 방 한 칸 없을 때도
대구는 다 내 것이었다
아무것도 부러운 것이 없었고
조금도 부족한 것이 없었다
10년 전도 마찬가지였다
변두리에 사글세방 하나 갖고 살 때도
그때는 꿈이 있었기에
모든 것이 다 내 것일 수가 있었고
세상을 주머니에 넣고 다녀도
하나도 무거운 줄 몰랐다
그런데 지금, 마흔을 앞둔 어른
고향에서 대구로 돌아오며 웃는다
이제 이 큰 도시에 내 것은 아무것도 없고
막 돌아가는 세상 어느 갈피에도 나는 안 보이고
다만 하나, 신천동 489-1번지
내 사는 집밖에는 내 것이 없음을

한세월 맡을 젊음이 있었기에
모든 것이 다 내 것일 수가 있었고
한 세상 업어갈 뜻이 있었기에
손 쉬이 대구쯤은 안을 수가 있었는데
작으나마 내 문패의 집 한 채 지닌 지금
이 도시에 내 것은 아무것도 없고
이 땅에도 내 것은 아무것도 없다
한때 그리도 많게 내 것이던 것이…….
— 「어떤 웃음」 전문

이 시의 대립 구도는 단순하다. 도시에 방 한 칸을 갖지 못한
젊은 시인이 20년 저쪽에 있다면, 현재는 신천동 489−1번지에
어엿이 '내 문패'가 달린 집을 소유한 마흔을 코앞에 둔 시인이
있다. 아이러니한 것은 물질적 소유와 반비례해서 커지는 가난
의 진면목이다. 변두리 사글세방을 전전하던 예전엔 '모든 것이
다 내 것이었고, 한 세상 업어갈 뜻'도 가졌지만 지금은 "아무
것도" 남은 게 없노라 시인은 탄식한다. 부유해질수록 가난해지
는 자는 내적으로 존재했던 실존의 광휘를 점차 잃어버린 존재
에 불과하다. 진실로 가치 있는 존재는 외부에서 비추는 빛을 받
아 빛나지 않고 자체 발광하기 때문이다.

자본주의적이고 규범화된 세계 내에 편입됨으로써 자신만의
고유한 정체성을 잃어버렸다고 느끼는 화자는, 패기만만하던
예전과 달리 내면적으로 어두워지고 침잠한다. 따라서 20년 전
에 대구로 돌아오면서 웃던 웃음과, 이즈음 대구로 돌아오면서

웃는 웃음은 전혀 상반된다. 전자의 웃음이 본인과 세상을 긍정하는 웃음이라면, 후자의 웃음은 자신의 과거 모습과 현재 모습 사이의 괴리를 비웃는 반어적 표출이다. 다음의 시는 생활의 무게에 짓눌린 실존의 우울을 적나라하게 형상화한 작품이다.

침대가 나를 밀어낸다
스프링의 뼈마디가 들고 일어나
접힌 몸 내동댕이친다
수도로 가 잠을 씻는다
눈곱으로 남은
간밤의 꿈들을 떼 내면
세숫대야는 내게 찬물을 뒤집어씌운다
식탁에 앉는다
숟가락과 젓가락이 번갈아 몸을 밀어 넣는다
넥타이가 목을 조른다
아침 8시가 댕, 댕, 뒤통수를 친다
버스는 좌석에 나를 앉히지도 않고
거리의 신호등은
파란 눈 빨간 불 껌벅이며
서라, 달려라, 달려라, 서라, 서슬 푸르다
정신없이 횡단보도 급히 건너면
난 또 한 생을 건넌 것이다
사무실 문이 아득히 공중에 떠 있다
엘리베이터가 흡입하여 상승시킨다

거대한 블랙홀처럼

거기 너도나도 빠져든다

― 「출근」 전문

　이 시는 주체와 객체가 철저히 전도된 일상을 그리고 있다. 예컨대 잠에게 깨어난 화자가 침대에서 몸을 일으키는 게 아니라 침대가 화자를 "밀어낸다". 이때 "스프링의 뼈마디가 들고 일어나/ 접힌 몸 내동댕이"치는데, 침대의 스프링인 '뼈마디'는 화자 신체로 전이되는 느낌을 주어서 마치 침대와 신체 모두가 주체를 함부로 다루는 착각을 불러일으킨다. '나'가 세수를 하는 게 아니고 세숫대야가 찬물을 뒤집어씌우고, 숟가락과 젓가락이 '나'에게 밥을 먹이고, 넥타이와 버스와 거리의 신호등은 서슬도 시퍼렇게 '나'를 다그쳐 블랙홀 같은 사무실로 밀어 넣는다.

　하루의 시작에서부터 주체는 모든 사물로 대변되는 일상에서 소외되거나 강제된다. 시의 화자는 현실에 자신을 기투하려는 의지를 상실한 모습으로, 빈껍데기와도 같은 '신체'로만 지지부진하게 살아가는 삶의 형식적 주인에 불과하다. 화자가 보여주는 비주체적 태도는 일상에 고착된 자아와 본래적 자아 사이에서의 갈등이 빚는 우울증적 증상의 전형이다. 해서 "정신없이 횡단보도 급히 건너면/ 난 또 한 생을 건넌 것이다"라는 구절은 무의식적인 삶의 고백에 해당한다.

　"얄팍한 월급봉투에 목을 매고/ 시계추처럼 흔들리며 만원버스로 오가는 나날/ 휴지처럼 구겨지고 파지처럼 너덜댄다"(「버스 타는 중년」)라는 화자의 목소리는 권태롭고 침울하다. 박방

희의 시는 이러한 멜랑콜리의 그림자를 어둡게 드리운 채, 중년
의 초입으로 짐작되는 한 시기를 지난다.

3. 자연을 닮은 이미지

　박방희의 시 가운데 완성도가 높은 작품은 대개 길이가 짧고
이미지가 선명한 특성을 갖는다. 예를 들어 "비행기가 하늘에
줄 하나 쳐 놓고 갑니다／ 허기진 낮달이 그 줄을 간신히 넘어 갑
니다"(「낮달」)라는 시를 보자. 이 작품은 마치 무채색 배경의 캔
버스에 비행운과 낮달이 그려진 단정한 한 폭의 수채화 같다.
"그림 속에 시가 있고 시 속에 그림이 있다."라는 동양의 시화상
합론詩畵相合論이나, "시가 말하는 그림이라면, 그림은 말 없는
시다."라고 했던 고대 그리스 서정시인 시모니데스의 말은 시
와 그림의 친연성을 드러내는데, 박방희의 시 세계는 그것을 확
인할 수 있는 이미지의 무진장이다. 시에서의 이미지란 세상을
모사하거나 시인의 상상력을 표현하는 데 일조하거니와, 박방
히 시의 이미지는 상처 입어 훼손된 세상을 치유하는 자연을 닮
아 있다.

　　미루나무 식당에는 미루나무가 있다
　　그 아래 개울이 있고
　　미루나무 우듬지로도
　　한 줄기 푸른 강이 흘러

징검돌로 놓인 까치집과

오가는 사람에게 전단지를 나눠주며

깍, 깍, 호객하는 까치가 있다

미루나무 식당에는

소주 백세주 동동주 산머루주에

요강 뚫는 복분자주

자주 몽롱해지는 안개주

뭉게뭉게 피어나는 구름 파전에

매미소리로 무친 도토리 묵채

개울물 소리로 다갈다갈 볶은

닭찜이 나온다

저녁이면 배고픈 별들 모여드는

미루나무 식당에는

언제든 따르릉 전화가 있고

불 켜진 간판의 그림 닭이

낮에 죽은 닭들을 대신해 한 번씩

꼬끼오! 하며, 운다

― 「미루나무 식당」 전문

「미루나무 식당」의 큰 그림은 개울과 미루나무가 있는 곳에 위
치한 식당의 풍경이다. 술과 안주를 전문으로 파는 이 식당의 하
루와 그 주변을 시각적으로 포착하는 시인의 섬세한 언어는 천
진한 상상력으로써 싱그럽게 살아있는 언어를 건져 올린다. 위
로 푸른 하늘은 지상의 개울에 대응하는 강물이 되고, 미루나무

우듬지에 지어진 까치집은 천상의 강물과 한 몸으로 결합해서 징검돌이 된다. 여기에 시인은 "깍, 깍, 호객하는 까치", "다갈다갈 볶은 닭찜", "매미소리" "따르릉 전화", "꼬끼오" 라는 청각 이미지를 덧붙인다. 그러나 '다갈다갈'은 개울물과 인접한 사물인 관계로 자갈돌이 구르는 소리와 구분되지 않거니와, 전화기 소리인 '따르릉' 역시도 기계 자체로 호환되는 '의미의 감각화'를 이루며 역동성을 창출하는 시적 장치로 기능한다. 인접한 기호와 기호의 자의적 교섭은 이 시의 역동성을 유발하는 요인이다.

시인은 기존에 존재 하는 소리 이미지를 상상력으로 새롭게 변형하여 시각 이미지와 적절하게 배합한다. 식당 안과 주변에 자리 잡은 평범한 사물들이 어우러져 밝고 따뜻한 화음이 만들어진다. 시각에서 청각으로, 청각에서 다시 시각으로 이어지는 이미지의 연쇄 속에서 미루나무 식당은, 사람들이 현실의 고단함을 잊고 잠시나마 쉬어갈 수 있는 자연 그대로의 휴식 공간으로 탈바꿈한다. 현대문명에 지치고 병든 세상을 자연 상태로 되돌아가게 만드는 박방희 시의 풍경은 때로 소년처럼 순수한 활기로 가득하다. 다음의 시는 자연을 지향하는 시인의 시작詩作을 엿보게 만드는 작품이다.

화가는
바닷가로 이사 해
한 폭 캔버스에
바다를 담으려 했다
보고 또 보고

담고 또 담고

봄이 가고

여름이 가고

가을 겨울이 갔다

다시 봄이 오고

다시 봄이 오기를

수도 없이 했을 때

그의 캔버스에는

바다가 담겨지고

하얗게 머리 센 화가는

찰랑거리는 바다를 메고

마당으로 들어서며 외쳤다

"물결을 잡았다!"

"물결을 잡았다!"

마을 사람들이

그물도 없이 잡은

물결을 보러 오자

그에게 잡힌 물결들이

자르르, 자르르

캔버스에서 풀려나며

화가의 집을 섬으로 만들었다

— 「물결을 잡다 —김품창 화백」 전문

김품창은 제주도에 살고 있는 작가다. 그는 주로 제주의 푸른 바다와 하늘과 공기를 그린다. 그의 그림 속 바다는 물을 뿜는 남방고래와, 고래 등에 올라탄 아이, 만선의 기쁨에 취한 배 등이 한데 어우러져 넘실거린다. 그림의 대상들은 누구라 할 것 없이 자연의 거대한 흐름 속에서 하나로 연결되고 지속되며, 끊임없는 생명력으로 환호하는 듯싶은 정서를 만들어 낸다. 현실과 상상과 꿈의 경계를 자유롭게 넘나드는 김품창의 그림을 놓고 시인은, "그물도 없이" 물결을 잡는다고 표현한다. 지시하는 대상과 실재하는 대상 사이의 위계가 무화된 자리에 사물과 사물은 그 자체로 현존하는 것이다. 요컨대 박방희의 시가 자연을 쉼과 생명의 알레고리로 사용하는 맥락도 이와 무관하지 않다.

박방희 시의 상당 부분을 차지하는 자연 이미지를 이해하는 일은, 시인의 세계관이나 가치관 등 상상력의 토대를 밝히는 일과 동궤를 이룬다. 다시 말해 시인에게 삶과 자연은 하나다. 그의 시에서 자연을 그리는 마음은 '도시 벽을 허물고 콘크리트 맨 가슴에 초록 움을 돋게'(「초록, 시멘트를 깨고 일어서다」)한다. "세상 모든 휴식"은 "해질 무렵 잔디밭/ 그 투명한 푸름 속"(「저녁답」)에 있고, '까치밥'은 꽃이 아니라 "마음이 켜놓은 燈"이자 "배고픈 날짐승이 꿈꾸는 마지막 희망"(「까치밥」)이라고 시인은 이야기한다.

자연은 남의 것을 빼앗고 더 많은 것을 가지려고 노력하는 문명과 반대된다. 자연을 추구하는 삶이란 이치에 따라 겸손하게 생각하고 성실하게 살아가기를 꿈꾼다. 이는 그의 시가 "교묘하게 꾸미고 그럴듯하게 표현"하려는 노력으로부터 먼 이유이다. 박방희의 시가 드러내는 바는 언제나 단순한 형상 속에서 드러난다. "시 행간에 여운을 깊게 하는 것이 어렵다."라고 했던 다산의 가르침과 그의 시는 반대되지 않는다.

시인의 상상력은 문명과 역방향에 있는 자연의 아름답고 여유로운 이면을 만진다. 그의 상상적 촉수가 뻗어나간 곳에서 우리는 한바탕 웃음을 터뜨리게 된다. 이를테면 오리의 저 한없이 바지런하고 낙천적인 유영에서, 삶에 대한 희망의 단초를 발견 못할 이유가 어디에 있단 말인가.

오리가 꽁지를 곧추 세우며 물고기를 쫓아 자맥질한다

오리의 똥꼬가
하늘을 향해 열리며
한 송이 꽃으로 피자
언저리가 환하다

―오늘도 양식을 주셔서 감사합니다!

발름발름
똥꼬는 기도하고
주둥이는 고기를 물어 올린다
―「오리」 전문

박방희 시집

생활을 위하여 —중년의 詩

발   행 2021년 1월 27일
지 은 이 박방희
펴 낸 이 반송림
편집디자인 김지호
펴 낸 곳 도서출판 지혜 · 계간시전문지 애지
기획위원 반경환 이형권
주   소 34624 대전광역시 동구 태전로 57, 2층 도서출판 지혜 (삼성동)
전   화 042-625-1140
팩   스 042-627-1140
전자우편 ejisarang@hanmail.net
애지카페 cafe.daum.net/ejiliterature

ISBN : 979-11-5728-428-3 03810
값 10,000원

박방희

박방희 시인은 1946년 성주에서 태어났고, 1985년부터 무크지 『일꾼의 땅』,
『민의』, 『실천문학』 등에 시를 발표하며 등단. 시집 『불빛하나』, 『세상은 잘도 간
다』, 『정신은 밝다』, 『복사꽃과 잠자다』, 『나무 다비』, 『사람 꽃』, 『허공도 짚을 게
있다』와 시조집 『너무 큰 의자』, 『붉은 장미』, 『시옷 씨 이야기』, 현대시조 100인
선 『꽃에 집중하다』 외 『참새의 한자 공부』, 『참 좋은 풍경』, 『판다와 사자』 등 여
러 권의 동시집이 있다. 방정환문학상, 우리나라좋은동시문학상, 한국아동문학
상, (사)한국시조시인협회상(신인상), 금복문화상(문학부문), 유심작품상(시조
부문) 등을 수상하였다.

박방희 시인의 『생활을 위하여』라는 시집은 '무위자연의 삶'을 노래한 시집이며,
'입신入神의 경지'에 오른 시인의 역작力作이라고 할 수가 있다. "조실스님 방/ 댓
돌 위에// 구름이 신고 가다/ 벗어놓은// 하얀 고무신/ 한 켤레// 나절 볕이/ 만
선이다"라는 『만선滿船』처럼, 더 이상 더할 것도 없고, 뺄 것도 없다. 시가 삶이
되고, 삶이 예술이 되고, 이 아름다운 삶이 '만선의 꿈'처럼 고대古代 오후의 행복
으로 빛난다.

이메일: pbh0407@hanmail.net

J.H CLASSIC 시리즈